AF468583

# ESSAIS.

*Par* M. N..... *de Saint-Claude*.

> Ne forçons point notre talent,
> Nous ne ferions rien avec grâce.....
>
> La Fontaine.

S.t CLAUDE,

DE L'IMPRIMERIE D'ÉNARD.

( 1822. )

Y+

# A L'AUTEUR

## DE L'EPITRE A M. PALISSOT.

> La louange agréable est l'ame des beaux vers;
> Mais je tiens, comme toi, qu'il faut qu'elle soit vraie.
>
> BOILEAU.

HEUREUX favori des Neuf Sœurs,
Pardon, si, dans la solitude
Où vous jouissez des douceurs
Que le savant trouve à l'étude,
Je viens interrompre les chants
Que le Dieu des vers vous inspire,
Dans ces délicieux moments
Où votre Muse aimable accorde votre lyre.
Mais quand on connoît votre cœur,
Du sien l'on doit bannir la crainte,
Et puis s'approcher sans contrainte
De celui qui, grand sans hauteur,
Aimable sans dessein de plaire,
Sait imprimer à ses écrits
Les charmes de son caractère.

Dans quelle source avez-vous pris
Cette aimable philosophie
Qui sème de fleurs votre vie?

Est-ce dans Plutarque et Platon?
Je le crois bien; mais cette grâce
Qui sait embellir la raison,
Ne se trouve que dans Horace.

Autrefois ce sombre vallon,
Ces bois, ces rochers, ces ombrages,
Ces clairs ruisseaux, ces verts bocages,
Étoient inconnus d'Apollon :
Dès que votre Muse jolie
A fixé parmi nous le jeune Dieu des vers,
De cette colline chérie
Les sauvages échos répètent vos concerts.
On a vu la nymphe timide,
Dont l'onde arrose ces déserts,
Sortir de son palais humide
Pour prêter l'oreille à vos vers.
Qu'on aime à retrouver près des hmbles chaumières,
Sous ces roches hospitalières,
Le jeune et tendre ami des arts!
Tout s'embellit, s'anime à ses divins regards.
Ce vallon n'a plus rien de sauvage et d'aride,
Le Dieu des vers y tient sa cour.
Les bords de cette onde rapide,
Où voltigent les jeux, compagnons de l'Amour,
Me peignent les bords du Permesse,
Et dans le fort de mon ivresse,
Il me semble avoir pris le jour

Sous le ciel heureux de la Grèce.
Un poète embellit le plus affreux séjour !

Heureux qui, comme vous, dans une paix profonde,
Cultive les vertus et les arts enchanteurs ;
Entend au loin gronder les tempêtes du monde,
Et préfère à l'éclat des fragiles grandeurs,
Le silence des champs, le commerce des Muses,
L'estime et l'amitié des sages villageois.
Et par malheur, si quelquefois
Les haînes et les ruses
Appellent la Discorde au sein de ce hameau,
Vous paroissez, l'implacable déesse
Fuit devant vous, l'orage cesse,
Et le ciel reparoît et plus pur et plus beau.

Mais déjà ma muse indiscrète
Vous a fatigué trop long-temps ;
Reprenez vos aimables chants.
Qu'un jour cette sombre retraite
Aura pour vos neveux de souvenirs touchants! (1)

---

(1) L'auteur de l'Epître à M. Palissot n'avoit point encore fait connoître, à l'époque où ces vers lui ont été adressés, le beau caractère qu'il a développé depuis dans sa carrière politique.

# LE POÈTE DE SOCIÉTÉ.

Les longs ouvrages me font peur.....
LA FONTAINE.

## A Rosalie.

JE vais sans invocation,
Sans préface et sans préambule,
Et même sans permission,
Car les sots n'ont point de scrupule,
Vous adresser ici des vers
Enfants d'une muse volage,
Qui, sur le ton du badinage,
Se plait à fronder les travers.
C'est à quoi *Constance* m'engage.
Faites cela m'a-t-elle dit.
Ce n'est pas là petit ouvrage
Pour qui n'a pas beaucoup d'esprit.
Mais j'en crois les gens de génie.
Souvent pour un sujet heureux,
L'aimable Dieu de l'harmonie
Inspire cet audacieux,
Qui monte à la double colline,
Sans être par son origine
Du nombre des enfants des Dieux.

Que fait à lui gloire ou disgrâce?
Sans honte il gravit le Parnasse,
Le Dieu le voit et sourit à l'audace.
Aujourd'hui la témérité
Conduit à la célébrité.
J'ose donc et je suis poète,
Et le laurier qui ceint ma tête
Me rend favori des Neuf Sœurs.
En peu de temps combien d'honneurs!
Pour le présent combien de gloire!
Et que m'importe l'avenir?
Laissons le temple de mémoire
Au mortel qui n'a pu jouir
D'aucun honneur durant sa vie.
Pour moi, je jouis du présent.
En tous les lieux on me convie,
Chez le riche, chez le savant;
Ici, je dois pour une dame
Tourner un joli madrigal,
Et là, faire contre un rival
Une foudroyante épigramme.
Je dois aussi dans un sonnet
Peindre les charmes de la vie,
Et dans un modeste couplet,
Chanter les vertus d'Eulalie.
A la table de nos Crésus
On exige des impromptus?
J'en ai, grâce à ma prévoyance,

Pour payer encor cent dînés ;
C'est là ma plus forte dépense.
Plus loin, dans leur folle espérance,
Heureux d'un jour, ces époux fortunés,
Veulent que je peignent leur flamme
Dans un brillant épithalame.
Celui que je fis pour *Colas*
Servira bien encor pour *Gile.*
C'est ainsi qu'un couple imbécile
Croit au bonheur qu'il n'aura pas.

Qu'on est heureux d'être poète !
Par tout on nous flatte, on nous fête,
Les jeux, les ris et le plaisir
Embellissent notre voyage.
Mais, ô revers ! il faut mourir,
Et l'instant qui nous voit périr,
Voit de nos vers l'affreux naufrage.
Mes vers, vous subirez ce sort,
Mais vous mourrez dignes d'envie
En obtenant avant la mort
Un sourire de Rosalie.

## A Eulalie.

Je cédois à la mort, quand la tendre Eulalie,
D'un regard plein d'amour, me rapplle à la vie.
Ainsi l'on voit la rose au moment de mourir
Se ranimer encore aux baisers du Zéphir,
    Et sur sa tige desséchée
    Vers la terre déjà penchée
    Braver les derniers feux du jour.
Zéphir a retardé d'un soir la mort de rose.
    Qu'aimer est une douce chose !
    La vie est toute dans l'amour.

## A Madame R***

ON m'impose pour pénitence
D'adresser à l'aimable Hortense
Un compliment..... Quel embarras!...
Je voudrois bien, mais comment faire
Pour peindre ses divins appas,
Ses grâces, son talent de plaire,
Cette gaîté vive et légère,
Charme heureux de son caractère,
Qui, sur l'esprit de son époux,
Mieux que la beauté passagère,
Exerce un empire si doux!
Je m'approche, je veux lui dire.....
Sur mes lèvres ma voix expire,
J'ai senti tressaillir mon cœur :
Mon front se couvre de rougeur,
Et sur ma langue embarrassée
S'envole soudain ma pensée.

Plus mes yeux étoient éloquents,
Plus j'éprouvois le besoin de me taire,
Car de louer tant d'agréments
J'eusse été, je crois, téméraire.
« Il ne faut point parler si l'on n'est sûr de plaire.»

# STANCES.

*Les Conseils de Caroline à Eulalie.*

Vous pleurez, charmante Eulalie,
Quel est l'objet de vos douleurs?
Hélas! si bonne et si jolie!
Quel ingrat fait couler vos pleurs?
Qui peut résister à vos charmes,
Quand à vos pieds posant ses armes
L'Amour se déclare vaincu?
Ah! si son cœur ne s'est ému
Lorsqu'il a vu couler vos larmes,
Allez, sans trop vous affliger,
Abandonnez votre infidèle,
La beauté doit être cruelle
Pour qui ne connoît pas le doux plaisir d'aimer.

Aux sentiments du premier âge
On doit opposer la vertu:
Qui compte trop sur un volage
Souvent se trouve au dépourvu.
Croyez-m'en, sensible Eulalie,
Il n'est point d'erreur dans la vie
Qui guide nos pas au malheur

Comme une méprise du cœur.
D'abord à la mélancolie
On s'abandonne sans raison ;
Puis, le Temps fuit avec les Grâces,
L'Amour s'envole sur leurs traces,
On le rappelle en vain dans l'arrière saison.

Soyez plus sage et plus sévère ;
N'allez point d'un soupir honteux,
Aux vœux d'une amante vulgaire,
Disputer l'objet de vos feux :
L'ingrat riroit de vos foiblesses ;
Votre rivale à ses caresses
Trouveroit un charme plus doux,
Et votre inutile courroux,
Loin de le rendre à ses promesses,
L'affranchiroit de ses serments.
Enorgueuilli de votre haîne,
A votre rivale hautaine,
Pour gage de ses feux, offriroit vos tourments.

N'est-il donc que lui sur la terre
Digne d'adorer vos appas ?
Trop souvent on se désespère
Pour qui ne le mérite pas.
--- Le cœur qui tendrement soupire,
Du premier penchant qui l'inspire
Garde toujours le souvenir.

--- Je le sais bien; premier désir
Conserve long-temps son empire,
Par un prestige de l'amour.
Mais que votre ame généreuse
De cette illusion flatteuse,
Ainsi qu'a fait l'ingrat, se dégage à son tour.

---

Je succombai dès mon aurore
Au soufle brûlant de l'amour,
Comme la fleur qui vient d'éclore
Tombe flétrie aux feux du jour.
On me disoit, erreur charmante!...
Qu'à mon amour toujours constante,
Le volage un jour reviendroit,
Et dans l'espoir qui me flattoit
Je l'attendis..... Funeste attente!
Quand l'âge en son rapide cours
M'emporte au déclin de la vie,
Je pleure encor, belle Eulalie,
Ma beauté fugitive et le temps des amours.

# LES VACANCES.

*A un Ami.*

« Mets-le à profit (*le temps des vacances*)
crois-moi, tout fuit, mon cher Louis, »
Et tes jours de congé seront bientôt finis.
Ne va point rêvasser sur *Domat* et *Ferrière*;
Laisse là ton *Cujas* dormir dans la poussière :
Pourquoi troubler la paix de ces illustres morts?
Que gagne-t-on d'ailleurs avec ces vieux retors?
La pituite, la goute; et la fièvre au teint blême
Bientôt vient nous jeter dans un désordre extrême:
Hélas! nous voilà fous, qui l'eût cru? Cependant
La raison revient-elle on veut être savant,
On retourne à la glose, on commente, on disserte,
Et puis la vérité, de nuages couverte,
Nous échappe à l'instant où l'on croit la saisir :
Loin que l'esprit s'éclaire on le sent s'obscurcir,
Et sous un tas confus d'hypothèses sans nombre,
Languissant, épuisé, ne devient que plus sombre.
Regarde nos docteurs avec leur grand savoir,
Ils n'aperçoivent rien à force de trop voir,
Et toujours dans le vague, à leurs yeux tout est trouble,
Tout est simple pour nous, et pour eux tout est double.

--Ainsi pensoit Cujas.--Bartole est d'autre avis.
Mais choisissez vieux foux entre ces deux partis;
Tirez donc mon esprit de cette inquiétude,
Il n'est rien de fâcheux comme l'incertitude.
Les voilà cependant indécis, incertains,
Il n'est ni *oui* ni *non* pour ces cerveaux trop pleins
Qui raisonnent toujours, mais dont l'esprit peu libre
Entre deux sentiments conserve l'équilibre.
Ils ne pourront jamais adopter un avis.
Ne vaudroit-il pas mieux qu'ils n'eussent rien appris?
Au moins du sens commun, cédant à la lumière,
La raison à leurs yeux s'offriroit toute entière.
Mais ils n'entendent point son inspiration;
Ils étouffent sa voix sous l'érudition;
Leur esprit surchargé de doctrines diverses
S'égare et se consume au sein des controverses.
Que je pleins ces savants! ah! rien ne me fait mal
Comme leur air pensif et leur ton doctoral.
Pour nous, gardons-nous bien d'envier leur sience;
Mieux que leur grand savoir, une aimable ignorance
Plait, enchante, captive, et procure toujours
Des plaisirs plus réels, plus d'heureuses amours.
Eh! qui voudroit changer, pour leurs lourdes lubies,
De la vive gaîté les piquantes saillies,
Et le sel des bons mots d'un esprit délicat

Pour tous les rêves creux d'Accurse et d'Alciat?
Ami, plus de plaisir, et s'il faut moins de gloire.
Qu'importe que ton nom soit gravé dans l'histoire
Et qu'il vive, sans toi, dans l'âge reculé,
Si dans les noirs soucis tous tes jours ont coulé?
Abandonne Thémis pour les Grâces légères;
Embellis par l'amour tes heures passagères;
Et si quelque rival, de ton bonheur jaloux,
Venoit troubler le cours de passe-temps si doux,
Qu'il soit pour toi l'objet d'une critique habile:
Faire oublier un sot, c'est pour toi si facile.

Mais aux jeux citadins joins les plaisirs des champs;
Ils ne sont pas moins vifs pour être moins bruyans.
Dès que l'aube a rougi le front du mont *Bregile*,
Leste, saute du lit, vite, quitte la ville
Et va-t-en visiter, le fusil sur le dos,
La perdrix de la *Chaille* ou la caille du *Croz*.
De ta chasse du jour, le soir fais ta cuisine.
Ici mon vers languit..., il cherche ta chopine....
Et ne voit que du sucre au fond d'un verre d'eau...
Muse, dérobez-moi cet affligeant tableau.

Que de plaisirs divers, quelle scène charmante
T'offre, dans ce moment, la campagne riante!
Ici, tu vois courir, dans le foud du vallon,
Mille jeunes beautés dans un libre abandon.
Ton cœur bat d'allégresse, et ton regard avide
Suit tous les mouvements de la troupe timide.

Lise d'un pied léger effleure le gazon ;
La pensive Anaïs fredonne une chanson ;
Plus loin, la vive Églé, nouvelle conquérante,
S'élève dans les airs, et sa main triomphante
Des trésors de Pomone a rempli son panier.
L'amour te fait voler à l'ombre du pommier.
A peine parois-tu que la pudeur craintive
Jette un cri ; tout à coup, la troupe inattentive
Accourt auprès d'Églé : l'une lui tend la main,
Au zéphir indiscret, l'autre s'oppose en vain,
Et celle-ci dispute à la branche mouvante
De la robe d'Eglé la ceinture flottante.
Eglé touche à la terre, et, le cœur tout ému,
Rougit, en souriant, de son trouble ingénu.

Si l'ennui te poursuit dans ton champêtre asile,
Hâte-toi, le temps presse, et revole à la ville.
D'autres amusements charmeront tes loisirs.
Ami, l'on ne peut trop varier ses plaisirs.
Tu le sais mieux que moi, la même jouissance
Bientôt perd cet attrait qu'elle eut à sa naissance.
Tel plaisir ne plait plus s'il est trop répété.
« L'ennui naquit, dit-on, de l'uniformité. »
Il faut goûter de tout dans cette courte vie,
Sans excès cependant, car la philosophie
Proscrit tous les écarts qu'interdit la raison.
Mais pourquoi renvoyer à l'arrière saison
Les plaisirs que l'amour n'offre qu'au premier âge,
Ces petits soins permis, ce galant badinage ;

2

Ces passe-droits si doux, ces entretiens charmans
Qu'on ne peut espérer quand on passe trente ans?
Ne va point cependant, sur la foi d'un novice,
De vingt ans de vertus faire le sacrifice,
Chez cette vieille Armide au lubrique regard :
Le plaisir n'est plus rien si le cœur n'y prend part.

*Envoi.*

Loin de tout rêveur politique,
Dont l'humeur assez tyrannique
Exile de sa république
La gaîté, les joyeux propos;
Loin des insipides tripots,
Sans m'occuper, dans mon repos,
Des vieux ni des nouveaux régimes,
Ni de ces chimères sublimes
Qui mettent la tête à l'envers,
J'ai pour toi composé ces rimes.
Si tu retrouves dans ces vers,
Qui m'ont rappelé ta présence,
Des souvenirs qui te soient chers,
N'aurai-je pas trompé l'absence? (1)

---

(1) L'auteur espère qu'on ne se méprendra point sur l'esprit qui règne dans cette pièce. Il croiroit inutile de rappeler ici qu'il n'a entendu parler que de cette galanterie, fleur de la politesse française, si ce n'étoit pour repousser d'avance tout soupçon que pourroit faire naître sur ses véritables sentiments, une critique peu éclairée, et pour désavouer hautement toute interprétation de la malignité.

## Mon Avis.

JEUNES beautés ne souffrez pas
Qu'Amour sur votre sein repose,
Car ce malin qui souvent cause
Tant de douleurs, tant d'embarras,
A son réveil toujours dispose
De vos charmes les plus secrets.
Ainsi quand papillon sommeille
Au sein de la rose vermeille,
Rose bientôt perd ses attraits
Dès que papillon se réveille.

## Bouts-Rimés.

MA tabatière, et ma muse et mon..... *verre,*
Me font gaîment parcourir mon ....... *chemin;*
Qu'un autre à la grandeur pour aller..... *ventre-à-terre*
Fonde ses droits sur un vieux.......... *parchemin;*
Comme ici bas chacun fait sa.......... *grimace,*
Pour moi, je mets ma gloire à boire de bon *jus.*
Ainsi tout est dans l'ordre où chacun tient sa *place,*
Et les hommes sont là toujours bien.... *entendus.*

## A M.lle .........

QUOI! tu me fuis jeune beauté!
D'Amour redoutes-tu les ruses?
Ah! dans ma douce oisiveté,
Je ne caresse que les Muses!

# LA COQUETTE.

« Je veux, dit-elle, et ne veux pas,
» Je commande, qu'on m'obéisse;
» Tout doit céder à mes appas,
» Et j'exige pour sacrifice
» D'un mari la soumission,
» Les petits soins, la complaisance,
» Le respect et la déférence,
» A mes vœux un libre abandon:
» Et je veux toujours qu'il m'appelle
» *Mon petit cœur, ma tourterelle;*
» Mais sur-tout qu'à tous mes désirs
» Toujours soumis, toujours fidèle,
» Toujours brûlant d'un nouveau zèle,
» Il coure au-devant des plaisirs
» Qui peuvent charmer mes loisirs.
» Car je sais bien, femme prudente,
» que cet instinct de nos époux,
» Qui d'abord les porte vers nous,
» S'éteint bientôt s'il ne s'augmente.
» Mais je les connois, Dieu merci.
» Il n'aura rien qu'il ne supplie;
» Si je gronde qu'il s'humilie;
» Si je menace, il faut aussi
» Qu'avec douceur, qu'avec tendresse
» Il me cajole et me caresse:
» Voilà les devoirs d'un mari. »

# LA PRÉCIEUSE
## QUI VIEILLIT.

Il fuit le printemps de ta vie ;
Déjà s'approchent les hivers,
Déjà ta figure jolie
Se fane à leurs souffles amers :
Aux charmes vainqueurs du bel âge
Succèdent les rides des ans ;
Ton esprit succombe à l'outrage,
Et moi je ris de tes tourments.

Quand l'Aquilon brise ses chaînes
Et vient chasser les doux Zéphirs,
Je quitte les bois et les plaines
Où j'allois rêver les plaisirs.
Mais bientôt au souffle de Flore
On verra renaître les fleurs,
Ces bois s'embelliront encore
J'irai rebercer mes erreurs.

Triste jouet de la nature,
Ne compte plus sur mon amour.
Vénus te prêta sa ceinture,
Mais ce ne fut que pour un jour.

En vain à ta riche toilette
Tu redemandes ta beauté,
Ta glace toujours indiscrète
Te rend avec fidélité.

Voilà ce beau sein dont les Grâces
Avoient dessiné les contours;
Hélas! sous le poids de ses glaces,
L'âge l'a flétri pour toujours.
Et cette bouche demi-close,
Où s'imprimoient les doux souris,
Qu'embellissoit un teint de rose,
N'exprime plus que les soucis.

Tu fus la muse du poète,
Le peintre admira ta beauté;
Mais aujourd'hui pour eux muette,
Tu n'es plus leur divinité.
Ce boudoir, où l'humble posture
De tes amants enfloit ton cœur,
N'est plus qu'une retraite obscure,
Sombre séjour de la laideur.

Avec moins d'art et moins de fourbe,
Moins de hauteur, plus de bonté,
Non, jamais l'âge qui te courbe
N'eût troublé ta félicité.
Sous les rides de la vieillesse
Tu ferois encor le bonheur,
Tant les charmes de la tendresse
Ont de pouvoir sur notre cœur!

# SUR DELILLE.

JEUNE, sa muse le couronne
Des premières fleurs du printemps, (1)
Et bientôt la France s'étonne
De ses triomphes éclatants.
De mille obstacles il se joue :
A sa voix l'oiseau de Mantoue,
A la douleur abandonné,
Reprend son vol, et vers la Seine,
Près de la nymphe souveraine,
Fixe son séjour fortuné.

Notre langue est une orgueilleuse,
Disent les savants tour à tour,
Et la jeune capricieuse
N'aime que grandeur et qu'amour :
Parmi les ris toujours folâtre,
Héroïque et fière au théâtre,
Elle est muette dans les champs,
Et devant l'églogue naïve
Cache sa pauvreté craintive
Sous ses plus riches ornements.

---

(1) Ses palmes académiques.

Des auteurs qu'elle désespère
Tels sont les profanes discours :
Delille vient, et la sévère,
Pour lui sait changer ses atours.
Simple, fraiche, aimable, ingénue,
Brillant d'une grâce inconnue,
Des champs elle peint les travaux ;
Et dans ses transports poétiques
Le traducteur des Géorgiques
L'enrichit de trésors nouveaux.

Sans doute elle est toujours rebelle
Pour qui rampe au sacré vallon ;
Mais jamais fut-elle infidèle
Au vrai favori d'Apollon ?
Voyez la superbe soumise
A Delille qui la maîtrise
Au gré d'un pinceau délicat,
De ses richesses abondantes,
Sous mille couleurs différentes,
Prodiguer la pompe et l'éclat !

Toi, rival heureux de Virgile,
De Milton noble traducteur,
Dis-nous où ta muse facile
S'enflamma d'un feu créateur ?
Errant sur les bords du Scamandre,
Ou sur le sommet du Ménandre,

Il sent son ame s'agrandir;
Chante dans sa verve embrasée,
Et les plaisirs de la pensée,
Et les charmes du souvenir. (1)

Quand un tyran par-tout imprime
L'effroi de sa férocité,
Il redit son hymne sublime
A l'auguste immortalité.
Aux fureurs tribunitiennes
Oppose, des vertus chétiennes
Les plus héroïques élans:
Tel au milieu de la tempête,
Relève une superbe tête,
Le cèdre battu par les vents. (2)

De douleur son ame est navrée..... (3)
Il fuit sur des bords inconnus,
Emportant sa lyre sacrée
Et son génie et ses vertus.

---

(1) Son poëme de L'IMAGINATION.

(2) Oui, vous qui, de l'Olympe usurpant le tonnerre,
Des éternelles lois renversez les autels,
Lâches opresseurs de la terre,
Tremblez, vous êtes immortels.
DITHYRAMBE, *sur l'immortalité de l'ame.*

(3) Trop courte illusion! délices chimériques!
De mon triste pays les troubles politiques
M'ont laissé, pour tout bien, mes agrestes pipeaux.
Adieu mes fleurs! adieu mes fruits et mes troupeaux!
L'HOMME DES CHAMPS, Chant 2e.

Combien de fois la douce image
De ces lieux chers à son jeune âge
Fixa ses regards attendris !
Souvent, des vallons helvétiques,
Interrompant ses chants rustiques,
Il s'élançoit vers son pays. (1)

Il se flétrit l'homme vulgaire
Au souffle glacé du malheur,
Mais le sage que rien n'altère
Conserve toujours sa grandeur.
Au gré d'Apollon qui l'inspire
Le poète reprend sa lyre
Et prélude à de nouveaux chants ;
Et sa muse, fière exilée, (2)
Loin de la France désolée
Forme des accords plus touchans.

Esprit profond, vaste pensée,
Brillante imagination,

---

(1) O France ! ô ma patrie ! ô séjour de douleurs !
Mes yeux, à ces pensers, se sont mouillés de pleurs.
L'HOMME DES CHAMPS, Chant 3e.

(2) Vous donc qui prétendiez, profanant ma retraite,
En intrigant d'état transformer un poète,
Epargnez à ma muse un regard indiscret ;
De son heureux loisir respectez le secret.
*Ibid*, Chant 2e.

Diction noble et cadencée,
Vous forcez l'admiration!
Mais si vos images riantes
Offrent des délices charmantes,
Ce n'est qu'un prestige enchanteur :
On aime vos magiques charmes,
Mais combien on verse de larmes
Quand le poète parle au cœur! (1)

Elle est en lui cette étincelle
D'un feu sacré qui ne meurt point,
Et sa muse, jeune immortelle,
L'inspire encor lorsqu'il s'éteint. (2)
Allez sur sa tombe funèbre
Reprendre sa lyre célèbre,
Jeunes poètes, courez tous :
Sachez qu'un hommage stérile,
Loin d'honorer le Grand Delille,
N'exciteroit que son courroux.

---

(1) Son poëme sur la Pitié.

(2) Son poëme sur la Conversation parut peu de temps avant sa mort.

# ATALA.[1]
# PAUL ET VIRGINIE.

Il y a dans Atala plus de pompe et de magnificence ; dans Paul et Virginie plus de simplicité et de naïveté. Ici, on trouve plus de force et de chaleur ; là, plus de douceur et de délicatesse. M. de Chateaubriand ébranle l'ame, l'agite, la met hors d'elle-même, par les grandes et touchantes peintures de l'amour combattu par le devoir ; M. Bernardin-de-Saint-Pierre échauffe doucement le cœur, et n'offre à l'imagination que des images gracieuses et riantes. L'amour dans Atala est une passion violente ; dans Virginie ce n'est encore qu'un sentiment. Nous plaignons l'amante de Chactas ; l'amie de Paul nous intéresse, nous envions son bonheur. Quand tout invite Atala à goûter les jouissances les plus douces, cette jeune vierge, toute amoureuse, résistant par un motif de re-

(1) « On sait que dans le roman d'Atala, le dessein de l'auteur a été de faire voir les dangers de l'ignorance et de l'enthousiasme religieux, et le triomphe de la religion sur le sentiment le plus fougueux et la crainte la plus terrible, l'amour et la mort. »

ligion à tous les enchantements de la plus aimable des passions, nous présente une héroïne chrétienne. On ne peut disconvenir que cette situation ne soit du plus grand pathétique. Si Virginie quitte Paul et sa famille, c'est pour aller recueillir une riche succession dont un jour elle fera part à son amant. Elle aimeroit cependant mieux perdre la fortune de sa tante et demeurer auprès de Paul, mais un mot de son confesseur suffit pour la déterminer. Elle part, emportant l'espérance d'être heureuse un jour, et de l'être avec son cher Paul. Si cette séparation est pénible, la douleur qu'elle inspire n'a rien que de doux et de tendre, l'espérance en adoucit l'amertume. Mais combien est douloureux ce sentiment profond qu'on éprouve lorsqu'Atala, après avoir peint sa passion à Chactas, elle lui dit: « Eh bien! pauvre Chac- » tas, je ne serai jamais ton épouse. » Atala est dans les bras de son amant, et Atala sent entre elle et lui une barrière invincible. Quelle situation déchirante!... Et lorsque cette vierge apprend, au moment où elle va expirer, qu'elle auroit pu être relevée de ses vœux et épouser Chactas, et qu'elle s'écrie : « Quoi! il y avoit du remède! » on éprouve un saisissement universel. Le cœur se resserre. Chaque mot que va prononcer Atala fait frissonner. Le pathétique augmente à chaque parole, et quand la jeune vierge s'est écriée : « Il est dans mon sein, » les larmes coulent, et l'ame a besoin d'être soulagée de sa douleur. Virginie, calme et tranquille au milieu de la tempête, la main posée sur son sein virginal, n'opposant aux fureurs de la mer que sa constance et sa vertu, est sans doute un tableau bien touchant, et digne d'animer la palette du peintre. Chactas voit mourir Atala; Virginie périt sous les yeux de son amant. L'une est comme une fleur qui, avec toutes ses grâces et toute sa fraicheur, tombe sous le tranchant de la charrue; l'autre, une rose que l'orage a tourmentée et fait périr. L'amour de Chactas est vif et impétueux; Celui de Paul est tendre et généreux. La douleur de l'un est furieuse; celle de l'autre est amère et profonde. Paul ne peut survivre à sa chère Virginie; Chactas, à demi consolé, s'éloigne du tombeau de son Atala.

## La Promesse.

D'où vient que souvent on s'engage
A faire plus que l'on ne peut,
Sur-tout quand on sait par usage
Qu'on ne fait pas tout ce qu'on veut.
Le regret suit toujours la promesse inutile.
Est-ce de notre esprit une brillante erreur ?
Ou bien est-ce un vice du cœur ?
Non, non, c'est que promettre est beaucoup trop facile.

# MON VOYAGE
## à la Dôle (1), en 1814.

> Tantôt un commerce non moins délicieux avec les Muses, qu'il aura cultivées dès sa plus tendre jeunesse, charmera les peines de son état, par une agréable et salutaire diversion.
>
> M. D'AGUESSEAU, *sur l'Emploi du Temps*, XVI^e *Mercuriale.*

QUAND la nuit sur nos monts étend ses voiles sombres,
Que les songes légers, à la faveur des ombres,
Reviennent, du sommeil ministres imposteurs,
Flatter nos sens surpris par leurs charmes trompeurs;
Enfin, quand tout se tait, quand l'onde fugitive
D'un doux frémissement à peine bat sa rive,

---

(1) La Dôle est une des plus hautes montagnes du mont Jura; elle a près de 1600 mètres d'élévation au-dessus du niveau de la mer. De ses hauteurs, le beau canton de Vaud, s'offre à nos yeux comme un immense et magnifique jardin, où la nature semble avoir épuisé toutes ses richesses. Du sommet de la Dôle, on découvre encore une partie de l'ancien département du Léman, une partie de la Savoie, le Mont-Blanc et les Alpes.

Que du léger zéphir le souffle est suspendu,
Que tout, dans la nature, au repos est rendu,
Que mille feux divers, dans leurs courses secrètes,
Jettent un jour douteux sur ces scènes muettes,
Je hasarde mes pas au flanc d'un roc altier,
Sous les ombrages frais du hêtre hospitalier.
Sur ces monts, la nature, à de noirs paysages,
Oppose quelquefois des sites moins sauvages.
Ici, c'est un vallon d'où s'échappe un ruisseau;
Là, renaît de sa cendre un village nouveau; (1)
Plus loin, l'aspect riant des simples bergeries: (2)
Dans ces lieux tout invite aux douces rêveries.

Mais déjà loin de moi fuyent les monts altiers,
Et la Dôle à son tour s'humilie à mes pieds.
Par-tout l'immensité. Vers les horizons sombres,
Le nocturne flambeau fait replier les ombres.
O doux charme des nuits! ô grandeur! ô beauté!
Ici bas le mystère, aux cieux la majesté!
Ainsi comme le jour, la nuit a ses merveilles.

Dans ces heureux moments, dans ses touchantes veilles,
Young interrogeoit la poudre des tombeaux:
La nuit seule, la nuit animoit ses pinceaux.

---

(1) Le village des Rousses, incendié dans l'hiver de 1803, est presqu'entièrement rebâti.

(2) Les Chalets de la Dôle.

Quand l'aurore annonçoit le prompt départ des ombres,
Il quittoit à regret ces solitudes sombres,
Où tout le nourrissoit dans sa vive douleur.
Quand le chagrin mortel pèse sur notre cœur,
L'ombre nous plait, la nuit a pour nous mille charmes;
Il semble qu'on jouit en versant plus de larmes.

Dans le calme des nuits, l'âme prend son essor,
S'élance vers les cieux, revient, retourne encor,
Embrasse l'univers dans sa vaste pensée :
Il n'est point à son vol de limite tracée.
Elle a tout vu, mais quoi! rien n'a pu la remplir;
La terre ni les cieux n'ont pu la contenir;
Plus grande, elle a franchi leurs vastes étendues,
Elle a sondé les mers, elle a percé les nues,
Et jusque sur le trône où s'assied l'éternel,
Tremblante, elle a porté son regard immortel.
Ainsi l'âme dans l'ombre acquiert plus d'énergie:
La nuit ne dut jamais inspirer un impie.

Mais la lune pâlit, sur son disque argenté
A peine brille encore une foible clarté.
Déjà tout l'orient s'enflamme et se colore;
On voit s'ouvrir au loin le palais de l'Aurore;
Brillante de beauté, cette fille du Jour
Laisse échapper encor quelques larmes d'amour,
Donne la vie aux fleurs, l'éclat à la verdure,
Et d'un sourire aimable embellit la nature.

L'astre du jour se lève, et ses premiers rayons
brillent, glissent sur l'onde, expirent sur les
monts;
Le lac est tout en feu (1); des torrens de lumière
Tracent du Dieu du Jour la brûlante carrière.

Dans un même tableau s'offrent à mes regards
Les dons de la nature et les présents des arts.
Salut, pompeux Mont-Blanc, et vous, Alpes
altières,
Dont les fronts couronnés de nos pompes guer-
rières
Portent jusques aux cieux les noms de nos héros!
Beau lac, où soupiroit, au doux bruit de tes flots,
Le chantre infortuné d'Héloïse amoureuse,
Tu murmures encor sa prose harmonieuse!
Ferney, pourquoi ce deuil, ces larmes, ces
regrets?
Quelle tombe chérie ombragent ces cyprès?
Est-ce là le tombeau d'un ami, d'un bon père?
Triste, tu me réponds: « Là, repose Voltaire. »
Et pour te consoler, tu dis au voyageur:
« Son esprit est partout, mais nous avons son
cœur. » (2)

---

(1) Le lac de Genève.

(2) Au château de Ferney, on fait voir encore aujourd'hui, au voyageur curieux, une petite boîte qui renferme le cœur de Voltaire, et qui porte cette inscription:

Son esprit est partout, et son cœur est ici.

Sur le Rhône grondant, la superbe Genève,
Fameuse par ses arts, pompeusement s'élève;
Et sur des bords fleuris, on découvre à la fois
Morges, Lausanne, Nyon, et Copet et Versoix.
Les heureux habitants de ces riches rivages
Cultivent les beaux arts et les Muses volages.
Eh! qui ne chanteroit sous ces riants berceaux,
A l'ombre des vergers, au murmure des eaux,
Sur le penchant des monts, dans ces belles prairies,
A l'aspect enchanteur de ces rives fleuries,
Tout près de ces saints lieux, où deux talents divers,
L'un soupiroit sa prose et l'autre ses beaux vers!
L'ombre de ces savants embrase le génie. (1)
Moi-même, je crois voir les roches d'Aonie;
Je crois voir le Tempé, vallon délicieux,
Où venoient sans éclat se promener les Dieux.

---

(1) Le souvenir des grands hommes donne aux lieux qu'ils habitèrent, je ne sais quel charme religieux qui inspire le respect et la vénération. A la vue du beau pays où méditèrent si souvent Voltaire et Rousseau, un sentiment doux et mélancolique agite délicieusement notre âme. L'image du passé et du présent, ce contraste touchant de foiblesse et de force, de lumières et d'erreurs, de corruption et d'immortalité, là, tout se réunit pour attendrir le cœur, faire jouir l'imagination, élever et confondre à la fois l'esprit humain.

De ces lieux enchantés, la riche perspective
Porte l'illusion à mon âme attentive.

Mais quel charme inconnu s'empare de mes sens?
D'où partent des accords si doux et si touchans?
Près d'un myrthe fleuri, l'auteur de *Caroline*
Presse d'un doigt léger sur sa harpe divine;
Et sous un chêne auguste, aux antiques rameaux,
On diroit que Gessner enfle encor ses pipeaux.
Heureux amis des arts, vous, enfants du génie,
Que vous prêtez de charme à l'antique Helvétie!
La Suisse plairoit moins, si vos touchantes voix
N'animoient ces coteaux, ces vallons et ces bois;
Ces beaux lieux n'offriroient qu'un séjour solitaire,
Des rochers sans échos et des bois sans mystère;
Mais un poète y rêve, alors tout s'embellit,
Et s'anime, et s'émeut, nous parle et nous sourit.

Suisse, pays fameux d'un peuple fier et libre,
Ici sont tes héros, et là coule ton Tibre.
La discorde enchaînée en ces antres profonds,
En vain s'agitte, siffle et frémit sous tes monts,
Le berger chante en paix... Sitôt que la trompette
A sonné les combats, il quitte sa musette,
Intrépide, il s'élance et brave les hasards;
Il revient tout chargé des couronnes de Mars,
Et frémissant encor de fureur et de rage,
Avec la liberté rentre dans son bocage,

Y dépose son arme, et son cœur agité
Bat encor pour la gloire et pour la liberté.
Braves Helvétiens ! quel feu pur et sublime
Fait d'un peuple agricole un peuple magnanime ?
L'amour de la patrie et l'amour des vertus.
Suisse, réjouis-toi, tes tyrans ne sont plus !
La grande ombre de TELL, errant sur ton rivage,
De ton vil oppresseur poursuit encor l'image ;
Et tes enfants, d'Arnold (1) généreux héritiers,
Dans leurs cœurs ont reçu le beau feu des guerriers. (2)
Beaux lieux qui m'inspirez, vous, colline charmante,
Devant vous mon regret se nourrit et s'augmente.
Pourquoi sous ce beau ciel n'ai-je pas mon berceau ?
Mais qui m'empêchera de placer mon tombeau
Sous cet arbre qui pleure, au bord d'une onde pure
Qui coule en filets d'or et doucement murmure,

---

(1) « Les Suisses n'oublieront jamais Arnold de Winkelried, ce héros dont l'action eût mérité d'être transmise à la postérité par un Tite-Live. »

M. VATTEL, *Droits des Gens.*

(2) « Souvent en songeant que la plupart de ces hommes ont porté les armes, et savent manier l'épée et le mousquet aussi bien que la serpette et la houe ; en voyant Julie au milieu d'eux, si charmante et si respectable, recevoir, elle et ses enfants, leurs touchantes acclamations, je me rappelle l'illustre et vertueuse Agrippine montrant son fils aux troupes de Germanicus. »

J.-J. ROUSSEAU.

Non loin de ce bosquet, où viendra quelquefois
Quelque berger content emboucher le hautbois?
Sa voix animera mon triste mausolée.
Oh! que mon ombre alors se croira consolée!
Mais d'où naît dans mon cœur ce profond sentiment?
En vain je veux l'éteindre, il devient plus brûlant.
C'est vous, ô mon pays! c'est vous, sombre colline,
Vous antiques rochers, que ma muse enfantine
Osa chanter un jour, c'est vous qui m'agitez.
Je voudrois m'éloigner, et vous me rappelez.
Votre image chérie ébranle tout mon être.
Oui, je retourne à vous, lieux qui m'avez vu naître!
Adieu, belle Helvétie! adieu, vallon charmant! (1)

---

(1) « L'insant où des hauteurs du Jura je découvris le » lac de Genève, fut un instant d'extase et de ravissement. La vue de mon pays, de ce pays si chéri où » des torrens de plaisirs avoient inondé mon cœur; l'air » des Alpes si salutaire et si pur; le doux air de la » patrie, plus suave que les parfums de l'Orient; cette » terre riche et fertile, ce paysage unique, le plus beau » dont l'œil humain fut jamais frappé; ce séjour charmant auquel je n'avois rien trouvé d'égal dans le tour » du monde; l'aspect d'un peuple heureux et libre; la » douceur de la saison, la sérénité du climat; mille » souvenir délicieux qui réveilloient tous les sentiments » que j'avois goûtés, tout cela me jetoit dans des transports que je ne puis décrire, et sembloit me rendre » à la fois la jouissance de ma vie entière. »

J.-J. Rousseau.

Tout m'ignore chez vous, mais là-bas on m'attend.

O France ! ô ma patrie ! accueille mon hommage.
Que j'ai tremblé pour toi durant ce long orage,
Où vingt peuples divers confondus sur tes bords,
En vain pour triompher unissoient leurs efforts. (1)
Ils sont passés ces jours de crimes et d'alarmes.
LOUIS est accouru pour essuyer nos larmes.

Monarque bien aimé, quand par leurs chants d'amour,
Les Français à l'envi célèbrent ton retour,
Tes talents, tes vertus, et ta noble indulgence (2)

---

(1) Il n'est pas un Français qui n'ait lu, avec un sentiment d'orgueil, le rapport fait au Parlement d'Angleterre par lord Castleréagh, sur les évènements de la dernière campagne (1814).

(2) « En cherchant ainsi à renouer la chaîne des temps, » que de funestes écarts avoient interrompue, nous avons » effacé de notre souvenir, comme nous voudrions qu'on » pût les effacer de l'histoire, tous les maux qui ont » affligé la patrie durant notre absence. Heureux de » nous retrouver au sein de la grande famille, nous » n'avons su répondre à l'amour dont nous recevons « tant de témoignages, qu'en prononçant des paroles » de paix et de consolation. Le vœu le plus cher à notre » cœur, c'est que tous les Français vivent en frères, » et que jamais aucun souvenir amer ne trouble la sé- » curité qui doit suivre l'acte solennel que nous leur » accordons aujourd'hui. »

*Préambule de la Charte constitutionnelle.*

Qui partout fait bénir ton auguste puissance,
Pourquoi faut-il encor que la haine et l'aigreur (1)
Troublent en ce moment un concert si flatteur,
Dans ces jours de pardon, quand de ta main royale
Sur nos fronts abattus tu verses l'eau lustrale?
Ah! si la politesse enfante ces horreurs,
Si ce sont les beaux arts qui corrompent nos cœurs,
Fuyez, Muses, fuyez, corruptrices modestes;
Ne nous énivrez plus de vos faveurs funestes;
De nos sauvages mœurs rendez-nous l'âpreté,
Et l'heureux abandon de la rusticité.
Déchirons ces tableaux, renversons ces statues,
Monuments immortels de nos vertus perdues!
Mais non, venez encore, aimables déités;
Embellissez le cours de nos félicités;
Endormez nos fureurs; que votre douce flamme
D'un reste de rudesse épure enfin notre âme!

---

(1) Allusion à certaines brochures qui parurent en 1814, après la restauration; ouvrages qui n'étoient propres qu'à réveiller de pénibles souvenirs, et à ranimer les haînes.

# A MA MUSE.

> Je vous l'ai déjà dit, aimez qu'on vous censure,
> Et souple à la raison, corrigez sans murmure.
> Mais ne vous rendez pas dès qu'un sot vous reprend.
>
> BOILEAU.

O ma muse! d'où vient que je vous vois craintive
A l'instant où mes vers vont paroître au grand jour?
Quoi, c'est là cette ardeur, cette flamme si vive
Que vous disiez venir du céleste séjour?
Et vous voilà tremblante!... et rien ne vous rassure!...
Pas même de mes vœux l'humble simplicité?
Vous craignez, dites-vous, les traits de la censure;
Et même vous osez, dans votre lâcheté,
Invoquer le néant pour les fruits de ma veine!
Muse, c'est trop céder à cette terreur vaine.
Dussiez-vous des plaisants essuyer les efforts
Je n'obéirai point à vos honteux transports.
La censure? Eh! qui peut éviter sa férule?
Elle est du vrai talent le généreux émule.
La critique éclairée, à mon sens, est un bien;
Et tel, sans un censeur, n'eût jamais été rien.
— Mais la malignité? -- C'est là votre scrupule?

Allez, comme autrefois vous la mépriserez.
Au surplus, entre nous, ceci doit vous suffire :
Si vous avez raison, qu'importe la satire ?
Et si vous avez tort, vous vous corrigerez.

BIBLIOTHEQUE ROYALE
I

**FIN.**

www.ingramcontent.com/pod-product-compliance
Ingram Content Group UK Ltd.
Pitfield, Milton Keynes, MK11 3LW, UK
UKHW020453230726
13925UKWH00005B/1914

9 782014 070286